兒童問題解決系列 ①

我想要

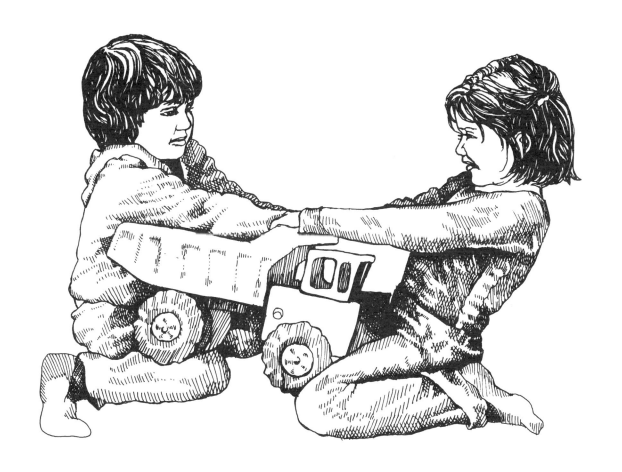

林玫君 ◆ 譯

2ND EDITION

◆ A CHILDREN'S PROBLEM SOLVING BOOK ◆

I Want It

Written by Elizabeth Crary

Illustrated by Marina Megale

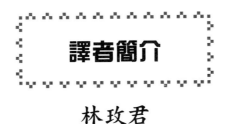

譯者簡介

林玫君

現任

國立臺南大學藝術學院院長

國立臺南大學戲劇創作與應用學系專任教授

學歷

美國亞歷桑那州立大學課程與教學組學前教育博士

美國亞歷桑那州立大學戲劇教育碩士

經歷

國立臺南大學幼兒教育學系教授兼系主任

教育部幼兒美感及藝術教育扎根計畫主持人

教育部幼托整合課綱美感領域主持人

國立臺南大學戲劇創作與應用系創系主任

香港幼兒戲劇教育計畫海外研究顧問

英國 Warwick 大學訪問學者

論文及譯著作

幼兒美感暨戲劇教育及師資培育等相關論文數十篇及下列書籍：

幼兒園美感教育（著作，心理，2015）

兒童情緒管理系列（譯作，心理，2003）

兒童問題解決系列（譯作，心理，2003）

兒童自己做決定系列（譯作，心理，2003）

在幼稚園的感受：進森的一天（譯作，心理，2002）

創作性兒童戲劇入門：教室中的表演藝術課程（編譯，心理，1995）

創作性兒童戲劇進階：教室中的表演藝術課程（合譯，心理，2010）

酷凌行動：應用戲劇手法處理校園霸凌和衝突（合譯，心理，2007）

創造性戲劇理論與實務：教室中的行動研究（著作，心理，2005）

幼兒園創造性戲劇理論探討與實務研究（著作，供學，2002）

家長們（或其他的成人）可以教導孩子如何思考

我寫了六本與問題解決有關的書，來幫助孩子學習如何解決社會問題。每本書都在探討一些孩子常常遇到的麻煩，如：和別人分享、等待、慾望、迷路、被取綽號等。孩子在思索書中的問題時，應該會充滿了興致，因為這些書的內容具互動性；它需要小聽眾或小讀者們，主動地幫助故事中的主角做決定並解決問題。

這些書為什麼不一樣

這些書看起來與眾不同，因為它們能發揮不凡的功效。它們以三種方式來教導孩子思考日常生活中面臨的問題：第一，示範「三思而後行」的過程。第二，為孩子提供多樣處理問題的方式。第三，呈現一個人的行為如何影響別人的歷程。研究中顯示，如果一個孩子愈能運用多元策略來解決自己的社會問題，他的社會適應能力就愈好。

如何使用本書

幾乎在每一頁中，你都可以找到一些問題來詢問孩子。在你讀到頁中的黑體字之前，給孩子一點時間思考如何回答這些問題。每一次討論到「抉擇」的部分（灰色欄中），讓孩子自己選擇要怎麼做。之後就翻到他們選擇的那一頁，看看會發生什麼事情。所有的替代方案並無對錯之別，我們只是提供孩子思考的機會。問題的結果能夠讓孩子自我發現——了解為什麼有些方法比另一些方法還有效。

我也把一些和情緒有關的問題加進去，讓孩子思考當問題發生時，他們對一件事的感受是什麼。其實，對於事情的感受並無好壞之別，只是這些感覺是真實存在的。能察覺自己感受的能力，可以幫助孩子以符合自己或別人需要的方式，來思考問題解決的策略。

從故事轉到現實的生活

每本書的最後一頁，會邀請小讀者自己列出解決故事問題的其他方法。只要適當的引導，你的孩子可以利用書中的策略，來思考一些自己可能需要解決的問題。對一些不願意談論自己問題的孩子，你可以要他們討論：「如果換成書中的主角遇到這樣的狀況，他會怎麼做？」

透過閱讀這些書，你在幫助你的孩子學習怎麼做決定。更進一步地，你在教導他（她）：「思考和學習是有趣的」。孩子透過思考來學習思考，而不是經由直接的灌輸教導。盡量給予孩子充分練習思考及解決問題的機會。

祝大家玩得愉快！

Elizabeth Crary

西雅圖／華盛頓

「情緒」是人類與生俱有的本能與特點，它是一種複雜又難以用言語形容的生理反應及心理感覺。無論對大人或兒童而言，如何了解及面對自己的情緒是一件重要的事。多數的人都能接受正面的情緒如快樂、高興、喜悅或驚喜；但許多負面的情緒如生氣、悲傷、害怕或焦慮等反應，卻讓人難以接受。因此，當我們聽到孩子哭的時候，常常急著平撫：「乖乖，不要哭。」再不然，就斥責小孩：「哭什麼哭，有什麼好哭的？」當耐心磨盡時，更會威脅著說：「再哭，我就叫警察來抓你了！」通常孩子會愈哭愈大聲，不然就是被迫停止哭泣，但心中的不解與情緒的震撼，始終未被適當地疏導或解決。勉強壓抑的情緒終究會繼續發生，就像是個不定時炸彈，不知何時又會爆發。

許多負面的情緒常是因著一些生活上的問題或衝突未獲解決而產生。在面對孩子的麻煩時，大人常常以簡化的方式來擺平問題，例如在家中或教室裡，我們常會聽到成人要肇事的孩子以「對不起」、「用說的」、或是「下次不可以這樣」來解決問題。而有些大人則認為，孩子應該學著去解決自己的問題，因此，當衝突發生時，就告訴孩子：「我不管，你們自己去處理。」問題是──大人從來沒有提供任何的引導，孩子怎麼知道他可以如何解決當下發生的問題？

從小就很少有人教導我們如何去面對、接受或處理一些複雜難過的情緒與問題。多數人一直被教導著要「知禮守份」，只要乖乖聽話或用功讀書就好，其他的一概不用管，也不需要學。在生活中，「生氣罵人」是大人的權利；而「害怕」、「哭泣」是小Baby的行為。當生氣難過時，我們已經習慣去壓抑這些大人所認為的「不恰當」反應；而當麻煩出現時，我們也學著去忽略或者簡單處理這一些問題。漸漸地，當我們成為父母、為人師表時，在面對孩子的情緒反應及問題行為的當下，我們也不自覺地運用同樣的方法去壓抑這些負面的情緒及生活中的問題。

在今日瞬息萬變的社會中，孩子更是提前面對各類複雜的情緒與問題。家長與教師在處理這些狀況時，不能再如以往，用逃避或壓抑的態度來面對，他們更需要提供孩子各類的機會去了解自己的情緒且學習如何解決因應而生的問題。本書作者Elizabeth Crary就針對這個部分的需要，提供她個人的專業經驗。作者利用故事情境，為成人及孩子提供一個互動討論的空間。透過故事中的替代經驗，孩子得以發現不同的情緒表達方式與不同的行動所產生的後果。除了直接的討論外，筆者也建議成人利用戲劇扮演的方式來引導幼兒。藉此，幼兒更能深刻體認劇中人物的遭遇，並藉此來探討與自己有關的情緒經驗和社會問題。

林玫君

這是一個和美美、咪咪有關的故事。
她們兩個人是很好的玩伴。
她們一起玩耍、一起聊天、也一起分享。

但有時候也會有一點小麻煩，就像現在這樣！

美美拿到一台大的玩具小貨車，

可是咪咪也想要玩。

咪咪該怎麼做，才能得到那台車呢？

（等到孩子開始回答你的問題時，請翻到第4頁「如何使用本書」的部分，其中有如何鼓勵孩子思考的建議。）

抉擇

咪咪想出七個點子。她可以——

她會先試試看哪個點子呢？

（等待孩子的回答。然後翻到恰當的頁數，繼續這個故事。）

9

 # 一把搶走小貨車

咪咪一把搶走小貨車。

她現在終於可以玩了。

她把小貨車挪得遠遠的。

她很喜歡駕著小貨車在房間裡繞來繞去。

而美美現在覺得怎樣呢？

　既難過又生氣。她很想繼續玩小貨車，她還沒玩完耶！

咪咪現在覺得怎樣呢？

　很快樂，因為她可以玩小貨車了。

你覺得這兩個小女孩會怎麼做呢？

（請翻到第12頁。）

10

美美也想把小貨車從咪咪那裡搶回來。

她走到咪咪的旁邊，一把將小貨車搶過來。

現在輪到美美玩小貨車了。

美美現在覺得怎樣呢？

　很快樂。因為她搶到小貨車了。

那咪咪覺得怎樣呢？

　很難過，因為她也想要玩小貨車。

抉擇

咪咪現在該怎麼辦呢？

　　把小貨車搶回來⋯⋯⋯⋯⋯⋯⋯⋯⋯⋯⋯⋯⋯⋯⋯第14頁

　　問問看⋯⋯⋯⋯⋯⋯⋯⋯⋯⋯⋯⋯⋯⋯⋯⋯⋯⋯第16頁

把小貨車搶回來

咪咪又想把小貨車搶回來。美美用力把她推開。

咪咪又一把抓住了小貨車，然後使勁地拉。

兩個小孩搶來搶去，聲音變得很大！

這時，媽媽過來說話了：「如果妳們兩個沒辦法一起玩，那我就要把小貨車拿走，一直到妳們想出解決問題的好方法。」

咪咪現在覺得怎樣呢？

　既生氣又難過，因為她想要那台小貨車。

美美現在覺得怎樣呢？

　她也是又生氣又難過，因為她也想和那台小貨車一起玩。

你喜不喜歡這樣的結局？

（如果要繼續的話，請翻到第16頁。）

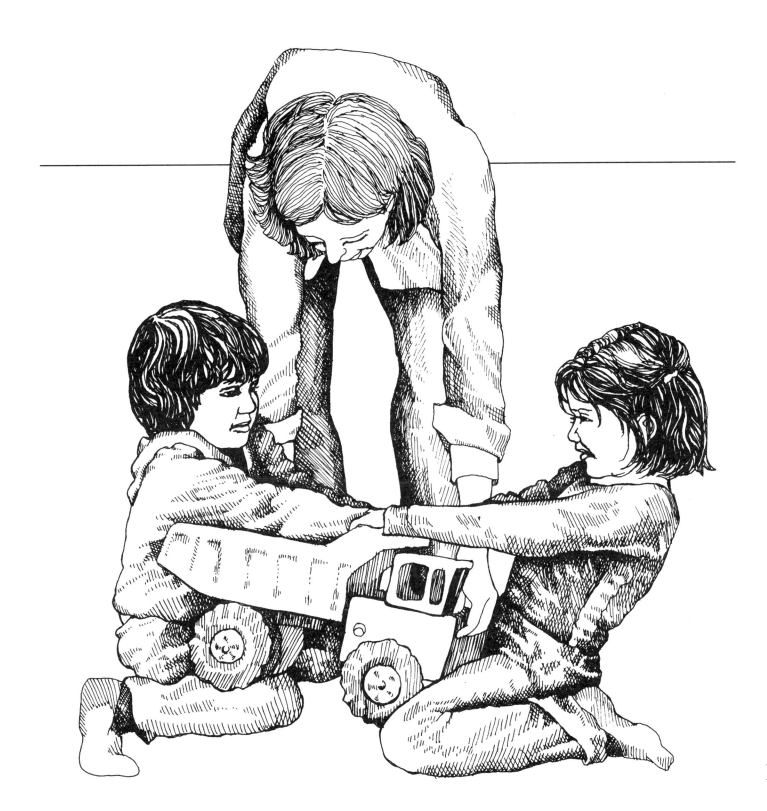

問問看

咪咪決定向美美問問看。

她問：「我可不可以玩這台小貨車呢？」

美美說：「等我玩完。」

咪咪又問：「那妳什麼時候才會玩完呢？」

美美回答：「等我在房間繞兩圈之後，我就玩完了。」

咪咪現在覺得怎樣呢？

　　又快樂又難過。快樂的是她等一下就可以輪到了；難過的是現在還沒輪到。

那美美覺得怎樣呢？

　　很高興，因為她可以繼續玩。

（請翻到第18頁。）

16

17

咪咪拿一本書坐在美美的旁邊。

她看著美美開著那台小貨車在房間裏繞圈圈。

美美玩一會兒就結束了。「我玩完了，輪到妳了。」美美說。

「YA！」咪咪很高興地歡呼。

咪咪現在覺得怎樣呢？

　　很高興，因為終於輪到她玩小貨車了。

美美覺得怎樣呢？

　　也很高興，因為她已經玩過了，而且她可以和別人分享，這種
　　感覺真的很好。

　　你喜歡這樣的結果嗎？可是如果剛剛美美不給咪咪這台小貨車，
那會發生什麼事呢？

抉擇

咪咪現在該怎麼辦呢？

　　　威脅別人 ————————————————————————————— 第20頁

　　　找人幫忙 ————————————————————————————— 第22頁

18

威脅別人

咪咪很生氣地大吼：「把小貨車給我！」

美美大叫：「不！我現在要玩。」

然後咪咪又命令地說：「給我那台小貨車，如果妳不讓給我，那我就要回家了。」

美美說：「好啊！再見！」

咪咪現在覺得怎樣呢？

　既生氣又難過。她很生氣，因為沒有拿到那台小貨車；她也很難過，因為她就要回家了。

美美現在覺得怎樣呢？

　很快樂但也很難過。快樂的是她仍然可以玩那台小貨車；難過的是咪咪不跟她玩而且要回家了。

你喜歡這樣的結局嗎？

（如果想繼續，請翻到第22頁。）

20

21

找別人幫忙

咪咪跑去找媽媽幫忙。

她跟媽媽說：「美美一直玩那台小貨車，她已經玩了很久，我現在也很想玩，我該怎麼辦呢？」

她媽媽回答：「我有三個點子。妳可以——

找東西和她交換小貨車；

妳也可以問問美美，看她想不想玩其他的玩具；

或者妳可以繼續等待，等她玩完就可以輪到妳了。」

「妳自己可以決定要怎麼做，如果妳還需要一些意見，可以再回來找我。」

現在咪咪覺得怎樣呢？

既高興又難過。高興的是她又學到很多解決問題的方法；難過的是她還是無法玩那台小貨車。

抉擇

那咪咪該怎麼做呢？

找東西交換

咪咪決定要找個東西和美美交換。

她找到另外一台大貨車，她坐上車衝到美美旁邊。

「妳想不想坐在這台大貨車上呢？」咪咪問。

美美大聲地喊：「不要。」

咪咪現在覺得怎樣呢？

　　既難過又失望。她好好地問人家，可是還是沒辦法得到那台比較小的貨車。她實在覺得很不舒服。

抉擇

她現在該怎麼辦呢？

　　商量看看 ··· 第26頁
　　繼續等待 ··· 第28頁

商量看看

咪咪決定和美美商量看看。

她問：「那妳到底想玩什麼玩具呢？」

美美回答：「我要玩妳那台白色的救護車。」

咪咪同意：「好啊！我把救護車給妳，那妳給我那台小貨車好不好？」

美美同意了。

於是她們互相交換，咪咪玩小貨車，美美玩那台白色救護車。

現在咪咪覺得怎樣呢？

很高興，她終於拿到小貨車了，而且她的朋友美美也很高興。

那美美現在覺得怎樣呢？

她也很快樂。她早就玩過那台小貨車了，現在又可以玩這台救護車，她很高興。

妳喜歡這樣的結局嗎？

（如果想繼續，請翻到第28頁。）

26

繼續等待

咪咪她決定繼續等待，直到輪到她玩小貨車為止。

咪咪問：「那我到底什麼時候才能輪到嘛？」

「再等一下下嘛！」美美回答。

咪咪說：「我怎麼知道妳什麼時候玩完呢？」

美美回答：「我會用定時器。」

咪咪說：「那我現在先去玩積木，等到定時器響的時候，我就可以玩車囉！」

她一面等，一面用積木蓋了一棟房子。

咪咪現在覺得怎樣？

又快樂又著急。她在那裡蓋房子很好玩，但她又很想玩那台小貨車。

那美美現在覺得怎樣呢？

很快樂。因為她可以繼續玩那台小貨車。

（請翻到第30頁。）

28

咪咪一面玩一面看著定時器。忽然間，定時器響了。

「輪到我了！」咪咪大聲的喊。

「好吧！」美美說，她把那台小貨車拿給咪咪，並且說：「我喜歡妳，因為妳一直在那裡等我玩完。」

咪咪說：「謝謝妳，現在妳也可以玩我的積木了。」

現在咪咪覺得怎樣呢？

很快樂。因為終於輪到她玩小貨車了。

那美美現在覺得怎樣呢？

很快樂。因為她已經玩夠了小貨車，現在她可以玩積木。

你喜歡這樣的結局嗎？

31

想法攔

以下是咪咪想到的主意。

你可以開始列下一些自己的想法，當你想要玩別人的東西時，可以做些什麼事？如果隨時有新的點子，可以再加上去。祝你玩得愉快！

咪咪的想法

✔ 一把搶走小貨車

✔ 把小貨車搶回來

✔ 問問看

✔ 一面閱讀一面等

✔ 威脅別人

✔ 找人幫忙

✔ 找東西交換

✔ 商量看看

✔ 繼續等待

你的想法

✎ _____

✎ _____

✎ _____

✎ _____

✎ _____

✎ _____

✎ _____

✎ _____

✎ _____

✎ _____

兒童問題解決系列 52020

我想要

作　　者：Elizabeth Crary

插　　畫：Marina Megale

譯　　者：林玫君

執行編輯：陳文玲

總　編　輯：林敬堯

發　行　人：洪有義

出　版　者：心理出版社股份有限公司

地　　址：231 新北市新店區光明街 288 號 7 樓

電　　話：(02) 29150566

傳　　真：(02) 29152928

郵撥帳號：19293172　心理出版社股份有限公司

網　　址：http://www.psy.com.tw

電子信箱：psychoco@ms15.hinet.net

駐美代表：Lisa Wu (lisawu99@optonline.net)

排　版　者：博創印藝文化事業有限公司

印　刷　者：博創印藝文化事業有限公司

初版一刷：2003 年 1 月

初版八刷：2016 年 3 月

I S B N：978-957-702-548-7（全套）

定　　價：新台幣 650 元（全套六冊，不分售）

解決社會問題……

兒童問題解決系列 教導兒童思考他們所遇到的問題。每個互動性的故事可讓讀者選擇主角的行動，並且知道結果為何。適用年齡為三至八歲。

本系列由 Elizabeth Crary 撰寫，Marina Megale 繪圖，林玫君翻譯。

52021 美美和咪咪都想玩小貨車

52022 小珍不喜歡被小迪叫笨蛋

52023 宗凱不想一個人玩，他想和別人一起玩

52024 修文的媽媽準備要出門，他感到難過又害怕

52025 琪美正在玩跳跳床，小志也想玩，他等不及了！

52026 佳佳和爸爸在動物園走失了，她很擔心找不到爸爸

應付強烈的情緒……

兒童情緒解決系列　介紹六種強烈的情緒。孩子可以從書中發現安全且具有創造性的方式來表達這些情緒。每個互動性的故事可讓讀者選擇主角的行動,並且知道結果為何。適用年齡為三至九歲。

本系列由 Elizabeth Crary 撰寫,Jean Whitney 繪圖,林玫君翻譯。

52011 我好生氣

52012 我好沮喪

52013 我好得意

52014 我好害怕

52015 我好興奮

52016 我好氣憤

解決人際關係的困擾……

兒童自己做決定系列　教導兒童去思考他們和其他兒童相處時可能遇到的問題。每個互動性的故事都可讓讀者選擇主角的行動，並且知道結果為何。適用年齡為五至十歲。本系列由 Elizabeth Crary 撰寫，Susan Avishai 繪圖，林玫君翻譯。

52031　有人偷了心怡的醃黃瓜，她該怎麼辦呢？

52032　小威需要安靜，他的妹妹想要玩——現在，他該怎麼辦？

52033　芳芳的一個同學總是從她頭上搶走她的帽子，她該怎麼辦？

52005　在幼稚園的感受：進森的一天

　　讓我們跟著進森走入他的幼稚園，去體驗一個四歲大的孩子，在學校一天生活中可能發生的狀況與感受，包含生氣、驕傲、及各種複雜的心情。透過老師的幫忙，進森慢慢練習用言語來表達他的感受。老師可以試著拿進森的例子和幼兒討論他們的感覺。在學前的階段，如何妥善表達及處理自己的感覺是非常重要的學習經驗。

　　本書由 Susan Conlin 與 Susan Levine Friedman 撰寫，M. Kathryn Smith 繪圖，林玫君翻譯。